Jandl

mal franz mal anna

Ernst Jandl

mal franz mal anna

Gedichte

Herausgegeben von
Klaus Siblewski

Philipp Reclam jun. Stuttgart

RECLAMS UNIVERSAL-BIBLIOTHEK Nr. 18949

Gesamtherstellung: Reclam, Ditzingen. Printed in Germany 2012
RECLAM, UNIVERSAL-BIBLIOTHEK und
RECLAMS UNIVERSAL-BIBLIOTHEK sind eingetragene Marken
der Philipp Reclam jun. GmbH & Co. KG, Stuttgart
ISBN 978-3-15-018949-8

www.reclam.de

Inhalt

talk

blaablaablaablaa
blaablaablaa
blaablaablaablaa
blaablaablaa
bäbb
bäbb
bäbbbäb
bäbbbäbäb
bäbäbbb
bäbb
bäbb
bäbbbäb
bäbbbäb
bäbäbäbbb
blaablaablaablaa
bäbb
bäbb
bäbbbäb
blaablaablaa
bäbäbbb
bäbb
bäbb
bäbäbbb
bäbb
bäbb
bäbbbäb
bäbäbbb
blaablaablaablaa
bäbäbbb

jeeeeeeeeeeeeeeeeeeeeeeeeeeeeeeeeeeeeeeeee

---

suss
g
g
kc——————————h
ommmmmmmmm
h——————————h
jeeeeeeeeeeeeeeeeeeeeeeeeeeeeeeeeeeeeeeeee

---

suss
komm
kommmm
kommmmmm
kommmmmmmm
hrrrrrrrrrrrrrrrrrrrrrrrrrrrrrrrrrrrrrrrrrrrrrrrrrr
herrrrrrrrrrr
jeeeeeeeeeeeeeeeeeee
                                        eeeeeeeeeeeeeee
                                                                eeeeeee

---

suss

ernst jandls weihnachtslied

machet auf den türel
machet auf den türel
dann kann herein das herrel
dann kann herein das herrel
froe weihnacht
froe weihnacht
und ich bin nur ein hund
froe weihnacht
froe weihnacht
und ich bin nur ein hund

falken & tauben

die falken: (ch)*ääääääääääää(¢ħ)*<

die tauben: wie bitte

wien : heldenplatz

der glanze heldenplatz zirka
versaggerte in maschenhaftem männchenmeere
drunter auch frauen die ans maskelknie
zu heften heftig sich versuchten, hoffensdick.
und brüllzten wesentlich.

verwogener stirnscheitelunterschwang
nach nöten nördlich, kechelte
mit zu-nummernder aufs bluten feilzer stimme
hinsensend sämmertliche eigenwäscher.

pirsch!
döppelte der gottelbock von Sa-Atz zu Sa-Atz
mit hünig sprenkem stimmstummel.
balzerig würmelte es im männechensee
und den weibern ward so pfingstig ums heil
zumahn: wenn ein knie-ender sie hirschelte.

der offiziersbewerber

gib's aus dem mund, da wird man
krank davon,
sagte die mutter zu ihrem bazillentragenden kind.

steck die nase nicht so hinein, du willst doch auch einmal
offizier werden,
sagte der vater zu seinem brillentragenden sohn.

der kurs ist vorüber, jetzt
geht es an die front,
schrieb das kind heimwärts, angeregt von der väterlichen
glanzzeit.

wie komm ich da bloß wieder
ganz heraus?
fragte sich der mann, angesteckt von der mütterlichen
gesundheit.

vater komm erzähl vom krieg
vater komm erzähl wiest eingrückt bist
vater komm erzähl wiest gschossen hast
vater komm erzähl wiest verwundt wordn bist
vater komm erzähl wiest gfallen bist
vater komm erzähl vom krieg

schtzngrmm
schtzngrmm
t–t–t–t
t–t–t–t
grrrmmmmm
t–t–t–t
s———c———h
tzngrmm
tzngrmm
tzngrmm
grrrmmmmm
schtzn
schtzn
t–t–t–t
t–t–t–t
schtzngrmm
schtzngrmm
tsssssssssssss
grrt
grrrrrt
grrrrrrrrt
scht
scht
t–t–t–t–t–t–t–t–t
scht
tzngrmm
tzngrmm
t–t–t–t–t–t–t–t–t
scht
scht
scht
scht
scht
grrrrrrrrrrrrrrrrrrrrrrrrrrrr
t–tt

1944	1945
krieg	krieg
krieg	krieg
krieg	krieg
krieg	krieg
krieg	mai
krieg	
krieg	
krieg	
krieg	
krieg	
krieg	
krieg	

(markierung einer wende)

sie sprechen kriegsverbrecher frei
weil keiner ein ganz schlechter sei

(machtn halt mal mit juden schluß
die man doch nicht vermissen muß)

und alle sagen: österreich
und außerdem: ich komme gleich

jupiter unbewohnt
merkur unbewohnt
saturn unbewohnt
uranus unbewohnt
neptun unbewohnt
venus unbewohnt
pluto unbewohnt
mars unbewohnt
erde ungewohnt

im reich der toten

nnnnnnntschn
nnnnnnntschn
nnnnnnntschn
glawaraaaaaaaaaa
üiiiiiiiiiiiiiiiiiiii
glawaraaaaaaaaaa
blaaauuuuuuurrruuuuuuurrruuuuuuurrruuuuuuu
glc--------h
dnnnnnnnnnn
dnnnnnnnnnn
dnnnnnnnnnn
s---c---hfffffs---c---hfffffs---c---hfffffs---c---hfffffs---c---h
glllrrrrrrrrr
glllrrrrrrrrr
schllllllltnnn
fffffds--c--h
nnnrrrrrrrrrr
nnnrrrrrrrrrr
nnnrrrrrrrrrr
nnnrrrrrrrrrr
nnnrrrrrrrrrr

gute nacht gedicht

(gehaucht)

s ———————————————————————

s ——————————c——————————h

hü ———————————————————————

u ———————————————————————

o ———————————————————————

a ———————————————————————

i ———————————————————————

(i)s ——————————c——————————h

s ———————————————————————

hu ———————————————————————

(u)s——————————c——————————h

f ———————————————————————

b –b–b–b–b–b–b–b–b–b–b–b–b–b–b

bs ———————————————————————

für friederike mayröcker

fortschreitende räude

him hanfang war das wort hund das wort war bei
gott hund gott war das wort hund das wort hist fleisch
geworden hund hat hunter huns gewohnt

him hanflang war das wort hund das wort war blei
flott hund flott war das wort hund das wort hist fleisch
gewlorden hund hat hunter huns gewlohnt

schim schanflang war das wort schund das wort war blei
flott schundt flott war das wort schund das wort schist
fleisch gewlorden schund schat schunter schuns gewlohnt

schim schanschlang schar das wort schlund schasch wort
schar schlei schlott schund flott war das wort schund
schasch fort schist schleisch schleschlorden schund
schat schlunter schluns scheschlohnt

s——————————c——————————h
s——————————c——————————h
schllls——————————c——————————h
flottsch

c-----------h
c-----------h
ic-----------h
ic-----------h
dic-----------h
dic-----------h
c-----hdic-----------h
c-----hdic-----------h
ic-----------h
ic-----------h
c-------------------h

oberflächenübersetzung

my heart leaps up when i behold
a rainbow in the sky
so was it when my life began
so is it now i am a man
so be it when i shall grow old
or let me die!
the child is father of the man
and i could wish my days to be
bound each to each by natural piety

(william wordsworth)

mai hart lieb zapfen eibe hold
er renn bohr in sees kai
so was sieht wenn mai läuft begehen
so es sieht nahe emma mähen
so biet wenn ärschel grollt
ohr leck mit ei!
seht steil dies fader rosse mähen
in teig kurt wisch mai desto bier
baum deutsche deutsch bajonett schur alp eiertier

zweierlei handzeichen

ich bekreuzige mich
vor jeder kirche
ich bezwetschkige mich
vor jedem obstgarten

wie ich ersteres tue
weiß jeder katholik
wie ich letzteres tue
ich allein

demokratie

unsere ansichten
gehen als freunde
auseinander

lichtung

manche meinen
lechts und rinks
kann man nicht
velwechsern.
werch ein illtum!

die zeit vergeht

lustig
luslustigtig
lusluslustigtigtig
luslusluslustigtigtigtig
lusluslusluslustigtigtigtigtig
luslusluslusluslustigtigtigtigtigtig
lusluslusluslusluslustigtigtigtigtigtigtig
luslusluslusluslusluslustigtigtigtigtigtigtigtig

film
film
film
film
fi m
f im
fi m
f im
f m
fl m
f im
f m
flim
film
flim
film
f lm
f lm
fl m
f lm
fl m
f m
f lm
fl m
f m
f lm
f m
fl m
f lm
fl m
fl m
fl m
fl m
fl m
fl m
flim
film

flim
film
flim
film
flim
f m
film
f m
flim
film
flim
film
film
film
film
film

aus den 30er jahren

trara trara trara
bettler singt

kretsch kratsch
fenster geht auf

gla gla gla gla gla
raschelnd in papier verschwindet geldstück

tsssinnnnnng
fliegt es durch die luft

daaaaank daaaaank
bessre tage gesehn wirklich höflicher musikant

straßenelend in westberlin

mundharmonikamundharmonikamundharmonikamundharmonikamund
harmonikamundharmonikamundharmonikamundharmonika
mundharmonikamunddankeschönharmonikamundharmonikamund
harmonikamundharmonikamundharmonikamundharmonika
mundharmonikamundharmonikamundharmonika...........

familienfoto

der vater hält sich gerade
die mutter hält sich gerade
der sohn hält sich gerade
der sohn hält sich gerade
der sohn hält sich gerade
der sohn hält sich gerade
der sohn hält sich gerade
die tochter hält sich gerade
die tochter hält sich gerade

fünfter sein

tür auf
einer raus
einer rein
vierter sein

tür auf
einer raus
einer rein
dritter sein

tür auf
einer raus
einer rein
zweiter sein

tür auf
einer raus
einer rein
nächster sein

tür auf
einer raus
selber rein
tagherrdoktor

immer höher

DER MANN STEIGT AUF DEN SESSEL
der mann steht auf dem sessel
DER SESSEL STEIGT AUF DEN TISCH
der mann steht auf dem sessel
der sessel steht auf dem tisch
DER TISCH STEIGT AUF DAS HAUS
der mann steht auf dem sessel
der sessel steht auf dem tisch
der tisch steht auf dem haus
DAS HAUS STEIGT AUF DEN BERG
der mann steht auf dem sessel
der sessel steht auf dem tisch
der tisch steht auf dem haus
das haus steht auf dem berg
DER BERG STEIGT AUF DEN MOND
der mann steht auf dem sessel
der sessel steht auf dem tisch
der tisch steht auf dem haus
das haus steht auf dem berg
der berg steht auf dem mond
DER MOND STEIGT AUF DIE NACHT
der mann steht auf dem sessel
der sessel steht auf dem tisch
der tisch steht auf dem haus
das haus steht auf dem berg
der berg steht auf dem mond
der mond steht auf der nacht

erst habe ich mich umgebracht.
dann bin ich wieder aufgewacht.

dann habe ich mich umgebracht.
dann bin ich wieder aufgewacht.

dann habe ich mich umgebracht.
dann bin ich wieder aufgewacht.

dann habe ich mich umgebracht.
dann bin ich wieder aufgewacht.

dann habe ich mich umgebracht.

i love concrete
i love pottery
but i'm not
a concrete pot

ein so ein riesen haufen
ein so ein riesen haufen
ein so ein riesen haufen
ein so ein riesen haufen
ein so ein riesen haufen
ein so ein riesen haufen
ein so ein riesen haufen
ein so ein riesen haufen
ein so ein riesen haufen
ein so ein riesen haufen
ein so ein riesen haufen
ein so ein riesen haufen
ein so ein riesen haufen
ein so ein riesen haufen
ein so ein riesen haufen

m
mm
mmm
mmmm
mmmmm
mmmmmm
mmmmmmm
mmmmmmmm
mmmmmmmmm
mmmmmmmmmm
mmmmmmmmmmm
mmmmmmmmmmmm
mmmmmmmmmmmmm
mmmmmmmmmmmmmm
mmmmmmmmmmmmmmm
mmmmmmmmmmmmmmmm
mmmmmmmmmmmmmmmmm
mmmmmmmmmmmmmmmmmm
mmmmmmmmmmmmmmmmmmm
mmmmmmmmmmmmmmmmmmmm
mmmmmmmmmmmmmmmmmmmmm
mmmmmmmmmmmmmmmmmmmmmm
mmmmmmmmmmmmmmmmmmmmmmm
mmmmmmmmmmmmmmmmmmmmmmmm
mmmmmmmmmmmmmmmmmmmmmmmmmoral

doppelporträt jesolo 66

E	F
schwitzen	schwimmen
schwitzen	schwimmen
schwitzen	schwimmen
schwitzen	schwimmen
schwimzen	schwimmen

je müder
ich bin
umso lieber
bin ich
in wien

mal franz mal anna (drama)

(akt)
anna an franz:
    anbrannt
franz an anna:
    fasttag

(akt)
anna an franz:
    hals kalt
franz an anna:
    schal

(akt)
anna an franz:
    bald alt
franz an anna:
    warts ab

(akt)
anna:
    [kratzt ab]
franz:
    schad

m a n n & f r a u
in der welt des deutschen

der blut	die blüte
der bruck	die brücke
der buhn	die bühne
der burd	die bürde
der bust	die büste
der flot	die flöte
der full	die fülle
der holl	die hölle
der hull	die hülle
der hutt	die hütte
der kruck	die krücke
der kuhl	die kühle
der kust	die küste
der luck	die lücke
der muck	die mücke
der muh	die mühe
der muhl	die mühle
der mutz	die mütze
der pfutz	die pfütze
der raud	die räude
der rug	die rüge
der sag	die säge
der sund	die sünde
der tuck	die tücke
der tut	die tüte
der wust	die wüste

eine aschantinuß für dich

der ofen verzehrt die reste eines fisches.

seit dem ende des mahls, das partnerlos
und daher ohne jedes zeremoniell
(wie es sogar unter ärmlichen paaren der brauch ist)
vor sich ging
knacke ich die dünnen schalen von aschantinüssen auf
unentwegt kauend.

(ich weiß, es wäre gesünder
sich mit geringerer teilnahme zu betrachten;
auch wäre es gesünder
in einem weniger durchwärmten zimmer zu übernachten;
auch wäre es gesünder
den verzicht auf tabak nicht durch schnapsgenuß
zu erleichtern;
auch wäre es gesünder
sich über die gesundheit weniger gedanken zu machen.)

wieviel eigenliebe enthält schon das wort
dünn im bericht dessen, der aschantinüsse aufbricht
um die kleinen weißen kerne in der braunen bitteren spröden
haut zu zerbeißen

wieviel eigenliebe liegt auch in der wartung eines ofens
in erwartung der ausdehnung der thermometerlichen
quecksilbersäule
in den schaufensterblicken, die vor dem
schnapskauf preise vergleichen und steuerprozente
dazuschlagen
im aufschlitzen eines fetttriefenden
fisches, der wie gold glänzt und auf einem stück
pergamentpapier
alles über sich ergehen läßt, weil er nicht in seinem element ist

wieviel eigenliebe liegt in diesen kleinen täglichen
handlungen, mit
denen man versucht, sich einen ersatz des mütterlichen
ins leben zu
schwindeln

wieviel liebe ließe sich augenblicklich gewinnen, wenn
sich jetzt
eine aschantinuß für dich
aufbrechen ließe.

reisebericht

ich bin bei nacht
von wien nach paris
gefahren und habe
mich von mir nicht verabschiedet.

als ich in paris
aus dem zug stieg, stand
ich schon auf dem bahnsteig
und streckte meine hand aus.

als ich in london
aus dem zug stieg, lief
ich hinter mir her
und sprang mir auf den rücken.

der taxichauffeur
sah mich kopfschüttelnd an.
ich mußte mich ungewöhnlich
tief bücken.

seither sitze ich
mir gegenüber
wie bei einer stehen-
gebliebenen jause.

wir vertreiben uns die zeit,
indem wir mir
gemeinsam briefe
nach hause schreiben.

oktobernacht

sessel, bring mir einen gast.
tisch, bring mir ein fröhliches mahl.
lampe, zeig mir ein freundliches gesicht,
nicht mich im spiegel. spiegel, dreh dich zur wand.

sessel, bring mir einen gast.
tisch, bring mir ein fröhliches mahl.
fenster, geh auf in ein wärmeres land.
koffer, nimm mich bei der hand und flieg mich nach ägypten.

sessel, bring mir einen gast.
tisch, bring mir ein fröhliches mahl.
telefonvogel, sing für mich.
oder bring mir einen kellertiefen winterschlaf, bett.

vom gehen, messen und greifen

gehst du tiefen suchen,
such in dir selbst.
du kannst getrost atmen,
solang das lot fällt.

miß dich nicht an bäumen.
die sind zu groß und frei.
lieber miß dich am käfer,
den du tratst zu brei.

greif nur nach oben.
du stößt nicht an.
aber laß den fuß dort
wo er stehen kann.

die hand ins feuer legen

nicht für irgendwen
möchte ich die hand ins feuer legen
ohne asbesthandschuh.
denn auch mir
soll doch keiner vorwerfen: du
hast mir die hand verbrannt
auf dem umweg über mein vertrauen.

die angst vor dem anblick einer auf solche weise
verbrannten hand
ist der pfahl, an den gewaltige
eltern ihre schwachgehaltenen kinder
binden als stütze ihres alters.
die angst vor dem anblick einer auf solche weise
verbrannten hand
ist der bettpfosten, an den gewaltige
männer mädchen binden, um zu verhindern, daß sie
aus der enttäuschten ahnungslosigkeit befreit
sich entfalten.
die angst vor dem anblick einer auf solche weise
verbrannten hand
bindet die besseren unter uns an uns schlechtere
auf daß wir uns ausstrecken können in sorgloser blindheit.

deshalb möchte ich
nicht für irgendwen
die hand ins feuer legen ohne asbesthandschuh.
und auch mir
soll keiner
seine auf solche weise verbrannte hand
zum vorwurf machen.

viele züge fahren nach paris, während

mein spaziergang fährt nach paris, während du nach paris fährst
dieses weinglas fährt nach paris, während du nach paris fährst
auch mein bett fährt nach paris, während du nach paris fährst
selbst der mond fährt nach paris, während du nach paris fährst

aber alle diese züge sind unverläßlich

mein spaziergang fährt bis zu jenem weinglas nach paris
                und fällt ins weinglas
dieses weinglas fährt bis zu meinem bett nach paris
                und fällt ins bett
auch mein bett fährt bis zum mond nach paris
                und fällt in einen krater
selbst der mond fährt nach paris
                und fällt in den fensterrahmen

der mann von nebenan

du siehst ihn nicht
du kennst ihn nicht
du weißt nicht was sein zustand ist
ich seh ihn nicht
ich kenn ihn nicht
ich weiß nicht was sein zustand ist
oder sieht ihn wer?
oder kennt ihn wer?
oder weiß wer was sein zustand ist?
man sieht ihn nicht
man kennt ihn nicht
man weiß nicht was sein zustand ist

schwarze dinge

die nacht ist schwarz.
ihre laden enthalten
schwarze dinge.
das verlangen ist groß.

einmal herausziehen
diese schwarzen laden
und ihren schwarzen
inhalt befühlen.

um berauschendes
zu befühlen.
um sich an befühltem
zu berauschen.

sommerlied

wir sind die menschen auf den wiesen
bald sind wir menschen unter den wiesen
und werden wiesen, und werden wald
das wird ein heiterer landaufenthalt

luise

ich erinnere mich dunkel: ich war dunkel
und wollte einen dunklen mann.
er war blond und wollte eine blonde frau.
ich erinnere mich genau wie blond er war.

ich erinnere mich dunkel: er war blond
und wollte eine blonde frau.
ich war dunkel und hatte einen mann der blond war.
ich erinnere mich genau wie blond er war.

ich erinnere mich dunkel: weil ich dunkel war
wollte ich einen dunklen mann.
er war blond doch er hatte eine frau die war dunkel.
ich erinnere mich genau wie dunkel ich war.

erstarrt gegenüber

die öligen schergen einer bestialischen vergangenheit
stehen mit kreuzen, bibeln und bomben
den bestialischen schergen einer unausdenkbaren zukunft
erstarrt gegenüber.

erstarrt gegenüber
den öligen schergen einer bestialischen vergangenheit
stehen mit hämmern, sicheln und bomben
die bestialischen schergen einer unausdenkbaren zukunft.

zertretener mann blues

ich kann die hand nicht heben hoch zum gruß, schau her:
ich kann die hand nicht heben hoch zum gruß.
  wo ich doch weiß, wie schlimm das enden muß.

da steht der braune mann vor mir und schlägt. schau nur:
da steht der braune mann vor mir und schlägt.
  diesmal heb ich die hand, jedoch zu spät.

ich krieche mit zerdroschenem gesicht. schau weg:
ich krieche mit zerdroschenem gesicht
  vor meinem schlächter, doch ich bettel nicht.

ein stiefelriese tanzt auf meinem bauch. hilf mir:
ein stiefelriese tanzt auf meinem bauch.
  ich fresse feuer, und ich bettel auch.

bald fällt ein knochensack ins massengrab. ho ruck:
bald fällt ein knochensack ins massengrab.
  dann bin ich, wo ich meine freunde hab.

zimmergedanken an die vergänglichkeit

meine gastritis und deine spondylose
sind aus sherlock holmes' unvermeidlicher tabakspfeife
gestiegen
die das denken so klar
und die formulierung so präzise macht.

allerdings braucht salvador dali nur
über das ozeanblau unserer an die wand genagelten weltkarte
an der der kleine andreas angstpfeifend wie ein fidschi-pfeil
vorbeischnellt, zu niesen
um unsere blaugraue umarmung aufzulösen.

doch auch wir
schießen mit dem radio nach allen kontinenten
und machen, sooft wir einen prachtkerl erlegen
eine kerbe ins holz unserer jazz-orgel.

wir wollen wissen wo wir her-
kommen

wer ist unser ur-
ahn unser alt-
vorderer dieses arsch-
loch

damit wir uns ihm ehr-
fürchtig nah'n

damit wir uns ihm ehr-
fürchtig nah'n

sie gruben nach dem sarg
der eine leiche barg
die einmal einer war
der unvergleich war

sie hätten gern gefragt
den mann der der einst war
dazu war es zu spät
wie rasch die zeit vergeht

vernagelt

bist du vernagelt?
ja, ich bin vernagelt.

meingott, du bist wie vernagelt.
ich bin ja vernagelt.

einmal wird dir schon der knopf aufgehen.
was heißt knopf – ich bin richtig vernagelt.

so laß ich dich nicht allein, mein kind.
so hast du mich aber zurückgelassen, mama.

mutters früher tod

mutters früher tod
hat mich zum zweiten mal geboren

mit eselsohren
und der langen nase des pinocchio

so findet man mich leicht
ich bin verloren

der gewöhnliche rilke
(Auszug)

rilkes trennung

der ungewöhnliche rilke
und der gewöhnliche rilke
steckten im gleichen

der ungewöhnliche rilke
und der gewöhnliche rilke
wären beisammen geblieben

der ungewöhnliche rilke
und der gewöhnliche rilke
würden sich trennen müssen

der ungewöhnliche rilke
und der gewöhnliche rilke
wußten es beide

rilkes atmen

1
rilke
atmete
die luft

die gute luft

2
rilke
atmete
pausenlos

rilkes nase

eingang und ausgang
der luft
kannte sie
gestank
geruch
duft
taschentuch
schnupfen

rilkes name

rilke
sagte er
nach seinem namen gefragt

rilke
sagte man
nach seinem namen gefragt
oder
kenn ich nicht

rilkes schuh

rilkes schuh
war einer
von zweien

jeder schuh rilkes
war einer
von zweien

rilke in schuhen
trug immer
zwei

wade an wade
stand rilke
aus den beiden schuhen heraus

rilke im gespräch

jemand fragt
rilke antwortet

rilke fragt
jemand antwortet

beide sind nicht sehr glücklich darüber
beide sind nicht sehr traurig darüber

rilkes augen

rilke schlug die augen auf
alles war sichtbar
nichts war unsichtbar

rilke schloß die augen
nichts war sichtbar
alles war unsichtbar

rilke schlug die augen auf
nichts war unsichtbar
alles war sichtbar

rilke schloß die augen
nichts war sichtbar
nichts war unsichtbar

rilkes gewicht

rilke wird um sein
gewicht erleichtert

so rauh erzieht
die erde ihren sohn

vogelgott

ja ich glaube daß gott
ein vogel ist
und ich sein mist

das von ihm ausgeschickte
ite missa est

oder ein stück mit dem er sein nest baut
für seine braut
für sich und seine braut

kühlschrank

er onaniert
ununterbrochen.
es zittert das ganze haus.

abhilfe:
man schleicht sich an,
reißt die tür auf
– sofort
hört er auf.
man schlägt die tür zu;
einige zeit bleibt ruh.

tagenglas
(Auszug)

franz hochedlinger-gasse

wo gehen ich
liegen spucken
wursten von hunden
saufenkotz

ich denken müssen
in mund nehmen
aufschlecken schlucken
denken müssen nicht wollen

menschenfleiß

ein faulsein
ist nicht lesen kein buch
ist nicht lesen keine zeitung
ist überhaupt nicht kein lesen

ein faulsein
ist nicht lernen kein lesen und schreiben
ist nicht lernen kein rechnen
ist überhaupt nicht kein lernen

ein faulsein
ist nicht rühren keinen finger
ist nicht tun keinen handgriff
ist überhaupt nicht kein arbeiten

ein faulsein
solang mund geht auf und zu
solang luft geht aus und ein
ist überhaupt nicht

suchen wissen

ich was suchen
ich nicht wissen was suchen
ich nicht wissen wie wissen was suchen
ich suchen wie wissen was suchen

ich wissen was suchen
ich suchen wie wissen was suchen
ich wissen ich suchen wie wissen was suchen
ich was wissen

visite

doktor ich nicht können aufhören scheißen
du mir geben mittel für aufhören scheißen

doktor ich nicht können aufhören sagen au au
du mir geben mittel für aufhören sagen au au

doktor ich nicht können aufhören in kopf reden wenn
wollen schlafen
du mir geben mittel für aufhören in kopf reden und
anfangen schlafen
doktor ich nicht können aufhören krepieren
du mir geben mittel für krepieren

wie eltern zu land

dies mich hauen hinunter
dies mich heben hinauf
daß ich nicht wissen schweben
nicht trauen ersticken und ersaufen

ich noch in kaltem land
manchmal spüren meines mutters hand
schweigen mein verstand
an ihr sein lang kein rühren

schweigen mein verstand
durchsausen mich mein ohren
neu nicht werden ich werden geboren
bevor in erden ich gehen wie eltern zu land

an einen grenzen

du sprecken deuts?
sprecken du deuts?
du kennen wolfen biermann?
du kennen reiner kunzen?
sprecken du deuts?
du sprecken deuts?
du sehen meinen passen –
kennen du ernsten jandeln?
ihn du kennen nicht dürfen
du sein guten jungen
wolfen biermann du kennen nicht dürfen
du sein guten jungen
reiner kunzen du kennen nicht dürfen
du sein guten jungen
du kennen dürfen
einzig alleinen
deutsen demokratisen republiken

lotsen

meine beiden zigarettentoten
hinterpfoten
schmeiß ich dem chirurgen
auf den goldenen frühstückstisch
neben die cornflakes

meine vorderpfoten indes
müssen mir weiter
durch den ozean atemluft
die tabakschiffe lotsen
in den erstick-hafen meiner lippen

der beschriftete sessel

für harry & angelika

ich haben ein sessel
stehn JANDL groß hinten drauf
wenn ich mal nicht wissen
sein ich's oder sein ich's nicht
ich mich nur hinsetzen müssen
und warten bis von hinten wer
kommen und mir's flüstern

dann aus liebe

im gegensatz zur absicht
die zum erwerb des gerätes geführt hat
dann aus liebe
zu dieser pistole (diesem revolver)
am leben bleiben.
(der strick, tabletten
erscheinen in dieser hinsicht verläßlicher.)

bibliothek

die vielen buchstaben
die nicht aus ihren wörtern können

die vielen wörter
die nicht aus ihren sätzen können

die vielen sätze
die nicht aus ihren texten können

die vielen texte
die nicht aus ihren büchern können

die vielen bücher
mit dem vielen staub darauf

die gute putzfrau
mit dem staubwedel

im bett, beim erwachen

ein stückchen schwarzer wolle – nein
eine fliege, daneben
ein zartes bein.

die morgenfeier, 8. sept. 1977

für friederike mayröcker

einen fliegen finden ich in betten
ach, der morgen sein so schön erglüht
wollten sich zu menschens wärmen retten
sein aber kommen unter ein schlafwalzen
finden auf den linnen ich kein flecken
losgerissen nur ein zartes bein
und die andern beinen und die flügeln
fest an diesen schwarzen dings gepreßt
der sich nichts mehr um sich selbst bemüht
ach, der morgen sein so schön erglüht

paar, über 50

daß nur noch eines von beiden
eine weitere lebensphase wird haben
müssen
und sie noch lange nicht kommen
und kurz sein
möge

hund-sein

hund
ein zeitlang
wartet

auf groß-sein
mensch-sein
wartet

warten
dann
vergißt

jetzt erst
richtig
hund-ist

geschlechtsumwandlung

seien gekommen einen hund in den küchen und gestohlen haben
den kochen einen ei (sollen heißen: ein hoden)
und haben genommen denen kochen ein messern
und haben geschnitten sich ab den ei numero zwei (sollen
heißen: den hoden numero zwei)
und hingeschmissen haben auf den hunden und gebrüllen:
DA HABEN DU SAU!
und sich dann den messern gestoßen haben in brusten (sollen
heißen: in herzen)
und sich also umgewandelt haben in geschlechten, sollen heißen:
herausgewandelt aus menschengeschlechten überhaupt.
das sein dann gegangen in ein trompeten, und sein so
herausgekommen ein lieden, den wird allen bekannt sein.

von leuchten

wenn du haben verloren den selbst dich vertrauenen als einen
schreibenen; wenn du haben verloren den vertrauenen in den
eigenen
kreativitäten; wenn du haben verloren den methoden, den
techniken
zu richten den lebendigen und den toten; wenn du haben verloren
den zusammensetzen von worten zu satzen; wenn du haben verloren
den worten überhaupten, sämtlichen worten, du haben
nicht einen einzigen worten mehr: dann du vielleicht
werden anfangen leuchten, zeigen in nachten den pfaden
denen hyänenen, du fosforeszierenen aasen!

klos

klos, sein da wo klos?
du gehn rund den knödel
du dann finden den türen
sein drauf stehn »männeken«
du dort treten innen
du dort finden den rinnen
du machen auf den hos.
du wissen was dann tun?
ja ich wissen was dann tun.
so ich gehn rund den knödel
ich dann finden den türen
sein drauf stehn »männeken«
ich dort treten innen
ich dort finden den rinnen
ich machen auf den hos
ich nix finden darinnen.
rasch ich zumachen den hos
rasch ich treten außen
finden den türen neben
sein drauf stehn »fraunen«
sein ich erstaunen
daß in mein leben das
ich haben können vergessen.

von tauben

wie oft-oft
sein ich gesessen vorn vom
weißen papieren und nicht
gefüllen sich haben mit lettern und wörtern den
weißen papieren sondern
weißen geblieben es sein;
sondern weißen geblieben es sein. oft-oft
weißen geblieben es sein;
weißen geblieben-weißen geblieben
es sein-es sein. oft-oft
weißen geblieben es sein.

und dann sein rauskommen
gleich forzen übeln ein duft. und ich
auff machen den wind augen *(fenestram)*
und sein rein-kommen der tauben, vogel-tauben
SCHREIN! und ich sagen haben: sssss-
sein

ölig in seh monin', wähli wähli ölig
wähli wähli ölig in seh monin'..

glückwunsch

wir alle wünschen jedem alles gute:
daß der gezielte schlag ihn just verfehle;
daß er, getroffen zwar, sichtbar nicht blute;
daß, blutend wohl, er keinesfalls verblute;
daß, falls verblutend, er nicht schmerz empfinde;
daß er, von schmerz zerfetzt, zurück zur stelle finde
wo er den ersten falschen schritt noch nicht gesetzt –
wir jeder wünschen allen alles gute

notizen vom 17.10.78, dem todestag von jean améry

1
mir ist der weg zum ort verwehrt
wo mich die welt mir selbst beschert
das ist nicht deutlich ausgedrückt
ich kann auch sagen: nicht geglückt
ihr könnt auch sagen: ganz verrückt

2
ich klage gern au weh au weh
als ob auf meinem fuß wer steh
vielleicht steht auch wirklich wer drauf
denn ich lauf nicht mehr
ich geh nicht mehr
ein weg bleibt leer
ich sag nicht daß es meiner wär
doch schau ich immerzu hin und seh
ich bin nicht drauf
und ein anderer auch nicht

3
schöner abend

mein kind breit deine arme aus
dein vater kommt zu dir nach haus
die mutter steht schon hinter dir
dein vater hebt dich in die höh
die mutter liebt uns beide heiß
und angericht sind trank und speis

4
mein ganzes leben ist mir versaut
das verdanke ich meiner ewigen haut
(statt ewig könnte man auch lebenslänglich sagen)
(statt haut könnte man auch umgebung sagen)

also sage ich es:
mein ganzes leben ist mir versaut
das verdanke ich meiner lebenslänglichen umgebung
sie ist länglich wie mein leben
und sie gibt mich um

was mich daran stört
ist einzig das feminin
(doch es ergibt einen sinn)
(wenn man so sagen darf)

5
der schriftsteller
stirbt schneller
der musiker
stirbt vielleicht lustiger
der maler
stirbt vielleicht kahler
(siehe picasso)

6
manchmal hab ich eine solche wut
daß es für keinen gut ist bei mir zu sein
grad dann bin ich nicht gern allein
denn wie bring ich meine wut los

das versteht jeder
denn jeder hat schon einmal eine wut gehabt
und manche haben auch verstanden
daß einer mit seiner wut nicht gern allein ist

die sind dann rasch weggegangen
oder sie sind bei ihm geblieben
vielleicht weil sie ihn lieben
aber sicher um ihm zu helfen
(manche sind dabei draufgegangen)

7
bestimmt wird das was ich jetzt sag
nicht das letzte sein was ich sag
das denkt sich bestimmt fast ein jeder
wenn er das letzte sagt was er sagt
vielleicht werd ich morgen noch leben
denken sich sicher auch einige
bestimmt werd ich morgen noch leben
aber denken sich noch mehr
aber die meisten denken sich derlei
überhaupt nicht
die haben gut reden
die haben vielleicht auch gut denken
die haben vielleicht auch gut schlafen
die können auch stumm sein

8
mich schlagen

warum sollen menschen mich schlagen?
warum sollen menschen mich nicht schlagen?
nichts spricht dafür, nichts spricht dagegen.
nur ich bin dagegen, weil es mir wehtut.

9
ich eh nicht will daß du mir sagen
daß du mich liebhaben tust;
ich tu auch dir nicht sagen
daß ich dich liebhaben tu.
denn es sein jetzt
doch sehr verbunden mit schmerzen,
wenn wir jetzt uns sagen
daß wir sich liebhaben tun.

vom rauchen

wer soviel raucht
ist bald verbraucht
das weiß er und geht rasch
noch zigaretten kaufen
andere saufen
und viele tun beides
es liegt darin ein glück
ohne jemals ein zurück

der unlogische knabe

wie meine mutter mir gesagt hat
wie das mit den kindern ist
hab ich mir gedacht: wie schade
daß ich keine frau werde

ich hab mir nicht gedacht: wie schade
daß ich kein mädchen bin
denn ein mädchen sein wollte ich nie
obwohl es anders nicht gegangen wäre

man sieht daran der knabe
hat nicht logisch gedacht
aber was er dann als mann gemacht hat
ist eine ganz andere geschichte

die amsel

als mich die amsel fragte
wäre ein schöner beginn
für ein gedicht; aber nie
hat eine amsel mich gefragt.
sie kann es ja garnicht.
eher habe ich eine amsel
verjagt, aber nicht oft,
oder auf die amsel geschossen,
als mir noch ein luftgewehr
lieber war als eine amsel.
ob das je wirklich geschah,
weiß ich nicht mehr zu sagen.
auch nicht ob ich sie getroffen hätte,
wenn ich je auf sie geschossen hätte,
nämlich geschossen haben sollte.
arme amsel.

der schnitter

es ist ein schnitter, der
schneidet brot und gibt
der frau ein stück
und jedem kind ein stück
und ein stück ißt er selber
und dann fragt er
wer hat noch hunger?
und schneidet dann weiter.
einem solchen schnitter
möchtest du wohl gern
einmal begegnen.
außer er sagt zu dir:
komm her, du brot.

die seele

mit der einen hand
der knabe zeigt
nach oben
mit der anderen
auf den frischen
grabhügel
und lacht
wenn der großvater
da unten ist
wie soll er dann
da oben sein

ach ja die seele

keine enttäuschung, bloß eine berichtigung

weiß der teufel was
ich hätte spüren sollen
von der ersten hostie
auf nüchternen magen
auserwählt zur frühkommunion
von meiner mutter
die mir versprach
daß ich es spüren würde
wie jesus in mich komme
und mich dann fragte
ob ich es gespürt hätte
weiß der teufel was
ich darauf antwortete

von wörtern

erwarte
von wörtern nichts
sie tun es nicht
für dich
sie kommen
gierig
überschwemmen dich
und dein papier
nicht was sie dir
antun
doch was du dem geringsten
von ihnen
angetan
kann
etwas sein

von bank in belvedere

steht da in gras ein amsel
da nähern sich das amselbock
von sankt elisabeth das clock
irgendwann machen gong gong

dies rühren nicht das amselpaar
besser zu sagen das amselzwei
denn zwischen ihnen das distanz
schon überwunden noch nicht sei

sie zweifellos ihn merken
und das amselbock ebenso sie
und er ein paar schritten jetzt machen
und sehr gespannt sein das sein sie

dann er machen den fortflug hops
haben gesehen von das amsel genug
und ich zu amselbock sagen brav mann
du haben wie ich es hätten getan

denn ein nähern sein ein sich ängsten
doch ein fliehen ein sich ermutigen sei
so ich hassen den längsten lebensteil mein
und den blutigen sonnenschein ich fliehen

30. juni 1979

diesen tag
begehen
wie einen grund
oder wie ein fest
ohne grund zu einem fest
ohne festen grund

die grüne pest

verdrossen grunzt das sonnenschwein
der erdball sollt verbrennet sein
die grüne pest des grases frißt
noch jeden der mensch gewesen ist
und henker der baum zeigt hinauf hinauf
da knüpf an mein ast und dein hals dich auf
das lichte schalt ab und den tag tu weg
in die ohren gefüllt ist der vogeldreck

selbstporträt, 18. juli 1980

es sei mit ihm was los. nein, so genau
wisse er selbst es nicht, spüre jedoch
daß nichts mehr sei wie es gewesen sei.
davon erzählen wolle er eigentlich nicht.
wolle eigentlich überhaupt nichts, wolle aber
auch nicht völlig untätig sein, beschäftige sich
daher nach wie vor mit gedichten, deren
herstellung. auch wenn
kein wort mehr glänze.

…

aus dreckigem glase
jetzo trinke er
das übliche gemisch, nur etwas
mehr mineralwasser, dafür
weniger whiskey, die flasche
beinah leer, und er
nicht willens das haus
um neuen vorrat
zu verlassen; müsse ja
dieses gedicht hier noch
schreiben und absegnen, ehe
er sich an das spiel
mit dem schach-computer mache, seinem
neuesten hausgenoss, bekanntlich
dem einzigen (immerhin
schon dritten, nachdem
den ersten und zweiten
innerhalb rückgabefrist
er verabschiedet habe). dreckig,
das glas, von seinen
schokoladelippen
gestern nachts.

er schon griffe zum strick,
den es im hause nicht gebe, gäbe
es nicht so unmäßig viel
auch noch in seinem alter
zu erleben: schokolade,
whiskey, schach-computer,
nutten – nein, vor diesen
habe er immer sich
gehütet. sich zu hüten
sei überhaupt zeitlebens
seine kunst gewesen.
(er wäre ein genie
gewesen, hätte er
sich selbst ver-
hüten können.)

selbstporträt des schachspielers als trinkende uhr, 24. juli 1980

17 uhr
hinter ihm
laufe sein schach-computer
mit fünfzehn minuten
computing-time pro zug;
dann ertöne
das dünne stimmchen.
je viertelstunde also
er ans tischchen laufe
zur eingabe
binnen sekunden
seines eigenen zuges.
das glas
mit gin tonic
und dem mülheimer stadtwappen
zur erinnerung an eine
große stunde
fülle er
alle 25 minuten
und nehme daraus
alle 4 bis sieben
minuten
gerade einen schluck.
alle zwölf
bis 14 minuten
entzünde er
eine zigarette.
so errichte er
die background-struktur
für sein heutiges gedicht.
17 uhr 7

das zügenglöckchen

ich trete ab, freunde, ich trete ab.
ich gab euch, was ich hatte – mehr ist nicht da.
die schönen morgen, die ich nicht mehr sehe,
den schönen abend auch, um den ich keinen bitte,
sie nicht mehr haben können, reißt aus eurer mitte
niemand. ich war nie drin und folge
euch nicht zum leichenzug. auch ihr
besser in andre richtung geht, wenn mir
das zügenglöckchen läutet. meinem vater bin
für dieses wort ich sehr verbunden.

der gabentisch

ich stehe stumm
um den ganzen tisch herum

darauf liegen die vielen gaben
lauter nebensachen

wer hat sie mir gegeben?
mein leben

in der küche ist es kalt
ist jetzt strenger winter halt

mütterchen steht nicht am herd
und mich fröstelt wie ein pferd

scheer

herr scheer es gab ihn doch er kommt mir nicht
zurück in mein erinnerungsgesicht
indes frau scheer schwarz mittelgroß fast dick
vermutlich immer gut für gattentreuen fick
mit schwerem jüdischem akzent auf deutscher sprach
vor meiner mutter sich den kopf zerbrach
wie allen uns gemeinsame familiensachen
zu regeln seien nämlich recht zu machen
während sie leibchen höschen polohemden legte
wo meine mutter sie zu prüfen pflegte
bis nebenher sie bunten katalog
unterkleiddamen vor mein bruder zog
doch robi sagte nein das mag ich nicht
die mutter oft lobte den sexverzicht
dies sei es was an juden nicht gut sei
daß sexuelles sei bei ihnen allzu frei
bis dann auf deren ladenfenstern JUDE stand
herr scheer frau scheer wer sonstnoch still verschwand

unterwegs

auf der straße zum belvedere
schritt ein bleicher hagerer mann
trug einen kaftan mit judenstern
wir blickten einander an

dieser blick war unsere rede
was sie ihm gab? mir gab sie mut
was ihm geschah, muß ich vermuten
von mir weiß ich: ich lebe

der westliche gott

großer gott wir loben dich
herr wir preisen deine stärke
vor dir neigt die erde sich
und bewundert deine werke
großer gott wir loben dich
denn mit deinem ersten arm
herr wir preisen deine stärke
hältst du fest an dich uns christen
vor dir neigt die erde sich
denn mit deinem zweiten arm
herr wir preisen deine werke
preßt du uns marxisten an dich
großer gott wir loben dich
und bewundern deine stärke

geistliches lied

überall wohin ich späh
seh ich engel in der näh
außerhalb der schranken mein
werd ich wohl verlassen sein
schranken baute mutters hand
eh der tod sie überwand
sie nur kannte gottes land
ach, es raubt mir den verstand

ach, es raubt mir den verstand
sie nur kannte gottes land
eh der tod sie überwand
baute schranken mutters hand
nie werd ich verlassen sein
außerhalb der schranken mein
seh ich engel in der näh
überall wohin ich späh

frei und schlecht

ich bin frei und mir ist schlecht
warum sollte mir nicht schlecht sein?
freilich sollte mir schlecht sein, und es ist mir auch schlecht.
es könnte mir allerdings aus nicht schlecht sein.
dann würde ich sagen: ich bin frei
und mir ist nicht schlecht.

nachtstück, mit blumen

im zimmer, drin ich schlafe
will keine blumen ich.
dem schläfrigen zur strafe
bewegt die fliege sich
wenn sie der blumen duft
zu sich ins zimmer ruft.
die blumen sind lebendig
lebendig bin ich auch;
die fliege ist es auch noch
und tot ist nur der rauch
den ich durch mund und nase
aus meiner lunge blase
die fliege zu vertreiben.
die will bei blumen bleiben
und wird dann mich entdecken.
die fliegenklappe hebend
steh ich im nachthemd bebend –
nie hat die fliege lebend
und dauerte es stunden
den weg zurück gefunden
wo fliegen der geschmack
liebender fliegen packt.

der unerwünschte

ich geh ja schon
er geht ja schon
er ist ja schon fort
er war garnicht hier
er war ja überhaupt nicht hier
aber hat nicht einer ich gesagt
wer hat denn da ich gesagt
ich hab ich gesagt
da ist er ja immer noch
ich geh ja schon

der mann weint

ein junge weint nicht!
erst der mann soll weinen
wenn er um sich blickt
und die immer noch ihn liebende
gefährtin, ihm mut zu machen
spricht: das ist *dein* werk!
der mann weint.

nach hause kommen

öffnet die tür sich
lacht sich entgegen
umarmt sich
küßt sich
springt an sich hoch als das kind
springt an sich hoch als der hund
streichelt sich den kopf
nimmt die tasche sich aus der hand
hilft sich aus dem mantel
erzählt sich was alles war draußen
hört sich zu wie alles war zuhaus

die hose haltend

den einen ist bekannt er als
das untier das in telefonen haust
ein einzig zeichen – schon
meldet sich der hundesohn.
den andern ist bekannt er als
der dauernd reisende, den nie
am telefone man erwischt; während vielleicht
er bloß in nebenstraß sein postfach leeret
nebstbei sein vorrat wein und wurst vermehret
oder nur notdürftig gereinigt zurück ans telefon zappelt
die hose haltend und die welt verfluchend

es hat mich umgeschmissen
mein leben ist zerrissen
ich will von nichts mehr wissen
da meldet sich das pissen
und zerrt mich aus den kissen

auch mit dem wein
hab ich immer die hoffnung
vielleicht wird es besser
vielleicht wird es besser
vielleicht wird es besser
vielleicht wird es besser
vielleicht wird es besser
vielleicht wird es besser
vielleicht wird es besser
und es wird nicht besser

tramway

schöne junge damen springen auf
wenn ich mich durch die tramway rauf

mutter berührt das töchterlein
laß alten herrn nicht stehend sein

betagte dame reagiert geschwind
ich steig schon aus bleib sitzen kind

steinerner miene ich setz mich hin
wenn ich schon als greis erkennbar bin

sentimental journey

als ich 20 war
als ich 20 war

als ich 30 war
als ich 30 war

als ich 40 war
als ich 40 war

als ich 50 war
als ich 50 war

als ich 60 war
als ich 60 war

jetzt
bin ich gespannt

kleines geriatrisches manifest

ein oder zwei jahre
gezügelter lebenslust
dürfen sie mit zweiundsechzig
sich wohl noch erhoffen. onanieren
werden sie wie bisher auch, vielleicht
nicht ganz so flott, nicht ganz so oft
als in ihren besten jahren.
was sie derzeit
als ihren geistigen verfall
zu erleben glauben, wird
durch ihren physischen verfall
mehr als wettgemacht. derselbe ist
so evident, daß sie überall
komplimente für ihre geistige frische
einheimsen werden. wobei man ihnen schonungsvoll
zum allernächsten sessel hilft.

painful love

the leg is not loved
the leg is not loved, oh no
the leg is not loved – cut it off

the arm is not loved
the arm is not loved, oh no
the arm is not loved – tear it out

the chest is not loved
the chest is not loved, oh no
the chest is not loved – beat it flat

the head is not loved
the head is not loved, oh no
the head is not loved – chop it off

älterndes paar
ein oratorium

»du alter arsch«, sagt sie
»du wirklich alter arsch«
sie hatten sich geliebt wie vordem nie
zwei menschen einander geliebt hatten
»du alter arsch«, sagt sie
»du wirklich alter arsch
total verkalkt dein hirn
total verkalkt«
sie hatten sich geliebt wie nachdem nie
zwei menschen einander geliebt hatten
»du alter arsch«, sagt sie
»du wirklich alter arsch
total verkalkt dein hirn
total verkalkt
du schwein dem seine pisse tropft
vom hosenbein und merkt es nicht«
sie hatten sich geliebt so tief
ihr leben ist ihr lieben, dachten alle
»du alter arsch«, sagt sie
»du wirklich alter arsch
total verkalkt dein hirn
total verkalkt
du schwein dem seine pisse tropft
vom hosenbein und merkt es nicht
und sitzt im dünnschiß auf der beiselbank
wegrücken alle, ich nur, im gestank, bleib neben ihm«
und hatten sich verliebt so wild im mai
daß keiner der er war, sondern der andre sei
»du alter arsch«, sagt sie
»du wirklich alter arsch
total verkalkt dein hirn
total verkalkt
du schwein dem seine pisse tropft

vom hosenbein und merkt es nicht
und sitzt im dünnschiß auf der beiselbank
wegrücken alle, ich nur, im gestank, bleib neben ihm
schlepp dann durch straßen ihn, den zuber dreck
schmeiß ihn aufs angeschissene doppelbett«
  ja, liebe wie sie diese zwei erfaßt
  ist haut und fleisch, gehäuse, kern und saft
»du alter arsch«, sagt sie
»du wirklich alter arsch
total verkalkt dein hirn
total verkalkt
du schwein dem seine pisse tropft
vom hosenbein und merkt es nicht
und sitzt im dünnschiß auf der beiselbank
wegrücken alle, ich nur, im gestank, bleib neben ihm
schlepp dann durch straßen ihn, den zuber dreck
schmeiß ihn aufs angeschissene doppelbett
reiß mir vom leib die fetzen und schrei: fick!
fick mich wie einst im mai, bis hin zum doppelschrei«
  wir setzen uns mit tränen nieder; flieder-
  duft drückend schlägt sich aufs gemüt
»du alter arsch«, sagt sie
»du wirklich alter arsch
total verkalkt dein hirn
total verkalkt
du schwein dem seine pisse tropft
vom hosenbein und merkt es nicht
und sitzt im dünnschiß auf der beiselbank
wegrücken alle, ich nur, im gestank, bleib neben ihm
schlepp dann durch straßen ihn, den zuber dreck
schmeiß ihn aufs angeschissene doppelbett
reiß mir vom leib die fetzen und schrei: fick!
fick mich wie einst im mai, bis hin zum doppelschrei
reiß ihm die hosen auf, er steht ihm nicht
steck ihn mir bis zur gurgel ins gesicht«
  ach scheiße, wie die liebe oft sich zeigt
  wir hatten so gehofft, daß sich der tag nie neigt

»du alter arsch«, sagt sie
»du wirklich alter arsch
total verkalkt dein hirn
total verkalkt
du schwein dem seine pisse tropft
vom hosenbein und merkt es nicht
und sitzt im dünnschiß auf der beiselbank
wegrücken alle, ich nur, im gestank, bleib neben ihm
schlepp dann durch straßen ihn, den zuber dreck
schmeiß ihn aufs angeschissene doppelbett
reiß mir vom leib die fetzen und schrei: fick!
fick mich wie einst im mai, bis hin zum doppelschrei
reiß ihm die hosen auf, er steht ihm nicht
steck ihn mir bis zur gurgel ins gesicht
bring ihn, bei halber erektion, zum spritzen
ersticke fast an solchen schicksals witzen«
heldin der liebe du, wir lieben dich
wenn er nicht wär, schmücktest du straßenstrich
»du alter arsch«, sagt sie
»du wirklich alter arsch
total verkalkt dein hirn
total verkalkt, banause!
du schwein dem seine pisse tropft
vom hosenbein und merkt es nicht
und sitzt im dünnschiß auf der kirchenbank
wegrücken alle, ich nur, im gestank, bleib neben ihm
schlepp ihn dann durch das mittelschiff zur kommunion
drück ihn ins knie, wo er den mund aufreißt
die hostie vom finger des geweihten beißt
zieh ihn dann heimwärts, diesen zuber dreck
drin jetzt ein goldenes licht vom himmel steckt
schmeiß ihn aufs schwarzgeschissene doppelbett
entblöße meinen leib und schrei: fick mich
wie du es immer tust, seit zwanzig zähen jahren
mir nie mehr in die fut, stets in den mund zu fahren
reiß ihm die hosen auf, ziehe sein schlaffes ding
mir in den mund, wo an volumen / es wenig nur gewinnt

denke an blumen, die er bringt, der göttliche flaneur, bis fast
erstickt ich bin an seinem jähen samen
obgleich von diesem nur / drei tröpfchen kamen;
er bietet mir, nun meine fut zu lecken
doch wüßt ich nicht, zu welchem zweck«
  so sehen wir, mit dick verquollenen lidern
  wie liebe sich durch liebe stets erwidert
  und auch die älterkeit viel offen läßt
  was onanistinnen noch hoffen läßt

mann & frau
in der welt des deutschen
2. folge

gerald bisinger zum 50. geburtstag

der drus	die drüse
der dun	die düne
der durr	die dürre
der dus	die düse
der gor	die göre
der gratsch	die grätsche
der grutz	die grütze
der huls	die hülse
der hurd	die hürde
der krah	die krähe
der kratz	die krätze
der larch	die lärche
der lug	die lüge
der mos	die möse
der mow	die möwe
der munz	die münze
der os	die öse
der pfrund	die pfründe
der rub	die rübe
der saul	die säule
der schwul	die schwüle
der sphar	die sphäre
der suhn	die sühne
der stutz	die stütze
der tunch	die tünche
der tran	die träne

mann & frau
in der welt des deutschen
3. und letzte folge

für rainer pretzell

der atz	die ätze
der bors	die börse
der bruh	die brühe
der burst	die bürste
der durr	die dürre
der etud	die etüde
der fohr	die föhre
der fras	die fräse
der grat	die gräte
der halft	die hälfte
der hohl	die höhle
der krot	die kröte
der kuch	die küche
der mahn	die mähne
der mahr	die mähre
der mohr	die möhre
der od	die öde
der rohr	die röhre
der rusch	die rüsche
der saur	die säure
der scharp	die schärpe
der strahn	die strähne
der wasch	die wäsche
der wurd	die würde
der wurz	die würze
der zahr	die zähre

anders

mir ist so anders
als mir war
als mir noch nicht
so anders war

wie war dir denn
als dir noch nicht
so anders war
wie eben jetzt

als mir noch nicht
so war wie jetzt
war mir ganz anders
bis zuletzt

wann war zuletzt
daß dir noch nicht
so anders war
wie eben jetzt

immer war mir
bis knapp zuvor
ganz anders
ohne übergang

o christenheit, du wahres

o christenheit, du wahres
überbleibsel aus einer verlorenen
einer vernichteten zeit. wie ich da saß
am waldesrand, an fichtenzapfen kauend
und neben mir, strahlend, die eingehüllte mutter
in der schale eines frühen, schamhaften bade-dresses
mit dem sie verleugnete, auf dieser
fotografie meines vaters, was über mich
den unrein geborenen sohn einst kommen
sollte. oh ich werde verrückt mit all
diesen leichen im kopf: mutter, vater
und bruder robi, angegriffen und begraben
und ich hüpfe noch, auf beinen kaum mehr gehfähig,
hüpfe noch, nach dem erstinfarkt, mit meinem verquarkten
herzen.

vermeide dein leben

du bist ein mensch, verwandt der ratte.
leugne gott.
beginne nichts, damit du nichts beenden mußt.
du hast dich nicht begonnen – du wurdest begonnen.
du verendest, ob du willst oder nicht.
glück ist: sich und die mutter bei der geburt zu töten.
eines nur suche: deinen baldigen schmerzfreien tod.
hilferufe beantworte durch taubheit.
benütze dein denken zum vergessen von allem.
liebe streiche aus deinem vokabular.
verbrenne dein wörterbuch.
atme dich zu tode.

kleine improvisation

wein dich nicht zu tod
ich bin ja nicht in not
bin ich auch nicht der schnellste mehr
bin ich auch nicht der hellste mehr
so lebe ich ja noch
also wein dich nicht zu tod

wein dich nicht zu tod
du bist ja nicht in not
bist du auch nicht die schnellste mehr
bist du auch nicht die hellste mehr
so lebst du ja noch
also wein dich nicht zu tod

der einsame freund

der einsame freund, das ist jeder
für sich selbst. die gesellschaft der freunde
die stets nur aus einem einzigen besteht, ist ein wahres
glückszeichen. ich habe keinen
neben mir, vor mir, hinter mir
aber ich bestehe aus freunden, ich bestehe
aus der freundschaft zwischen mir und mir
dem selbstmörder, der dem selbstmörder den
selbstmord vereitelt, indem er ihm das messer
an den strick setzt, der ihn doch halten sollte,
hochhalten, wogegen er zu boden fällt, gerettet
von freundeshand

vermessen

von den füßen abwärts –
von den füßen aufwärts – ein mensch
von den knien abwärts – ein mensch
von den knien aufwärts – ein mensch
von den hüften abwärts – ein mensch
von den hüften aufwärts – ein mensch
von den schultern abwärts – ein mensch
von den schultern aufwärts – ein mensch
vom scheitel abwärts – ein mensch
vom scheitel aufwärts –

16 jahr

thechdthen jahr
thüdothdbahnhof
thechdthen jahr
wath tholl
wath tholl
der machen
thüdothdbahnhof
thechdthen jahr
wath tholl
wath tholl
der bursch
wath tholl
der machen
wath tholl
wath tholl
der machen
thechdthen jahr
thüdothdbahnhof
wath tholl
der machen
der bursch
mit theine
thechdthen jahr

die tassen

bette stellen sie die tassen auf den tesch
                                                                      perdon
          stellen sie die tassen auf den tesch
                                                                      perdon
                              die tassen auf den tesch
                                                                      perdon
                                                  auf den tesch
                                                                      perdon

nöhmen
nöhmen
nöhmen sö söch
nöhmen sö söch eune
nöhmen sö söch eune tass
                              eune tass
                                                  donke
                                                  donke

eun stöck zöcker
zweu stöck zöcker
dreu stöck zöcker
                                  donke
                                  zörka zweu stöck
                                  zöcker

follen

follen

hünuntergefollen

auf dön töppüch

neun

nur dör hönker üst wög

pördon

bötte bötte

etüde in f

eile mit feile
eile mit feile
eile mit feile
durch den fald

durch die füste
durch die füste
durch die füste
bläst der find

falfischbauch
falfischbauch

eile mit feile
eile mit feile
auf den fellen
feiter meere

auf den fellen
feiter meere
eile mit feile
auf den fellen

falfischbauch
falfischbauch

eile mit feile
auf den fellen
feiter meere
feiter meere

falfischbauch
falfischbauch
fen ferd ich fiedersehn

falfischbauch
falfischbauch
fen ferd ich fiedersehn
fen ferd ich fiedersehn
falfischbauch
fen ferd ich fiedersehn
falfischbauch
falfischbauch

ach die heimat
ach die heimat
fen ferd ich fiedersehn
ist so feit

spruch mit kurzem o

ssso

Editorische Notiz

Die Gedichte entstammen der Werkausgabe von Ernst Jandl:

> poetische werke in 10 bänden. Hrsg. von Klaus Siblewski. München: Luchterhand, 1997.

Im Inhaltsverzeichnis sind die Entstehungsdaten der Gedichte angegeben, soweit sie bekannt sind. Sämtliche Gedichte sind hier in Kleinschreibung wiedergegeben, auch die Gedichte, die Jandl in seinem ersten Gedichtband *Andere Augen* (1956) in Groß- und Kleinschreibung abgedruckt hat.

Im Dialog mit sich

Ein Nachwort

Ich müsste mich verbiegen, wenn ich sagen würde, mir sei es leichtgefallen, die Gedichte für diesen Band auszuwählen. Genügend gute Gedichte hat Ernst Jandl geschrieben, darüber musste ich mir keine Gedanken machen – und in diesem Band sollten vor allem die besten Gedichte von Ernst Jandl enthalten sein. Meine Widerstände wurden durch andere Überlegungen belebt. Die Vorstellung, Jandls *poetische werke in zehn bänden* durchkämmen zu müssen und die Entscheidung zu treffen, welche Gedichte ich gut finde, setzte mir zu. Darin lag für mich eine Missachtung der Gedichte, die dann unter dem Zwang des Auswählen-Müssens nicht auf meiner Liste Platz fänden, und vor allem sah ich implizit dadurch die Frage gestellt, ob die nicht ausgewählten Gedichte denn nicht gut genug sind, in diesen Band hier aufgenommen zu werden. Diese Frage müsste ich mit einem klaren Nein beantworten und deshalb wollte ich diese Art von Zweiklassengesellschaft unter Jandls Gedichten erst gar nicht etablieren, sie würde von Jandls Werk in jedem Fall ein falsches Bild zeichnen …

Schwer aber fiel es mir bei dieser Auswahl auch, über ein anderes Bedenkenbündel hinwegzukommen. Würden es Jandls Gedichte vertragen, aus den Zusammenhängen herausgenommen zu werden, in die sie in jedem der sorgfältig komponierten Gedichtbände von Ernst Jandl einen Platz gefunden hatten, oder würden die Gedichte darunter leiden, wenn sie an neue Orte verfrachtet werden und sich an einem Ort wiederfänden, der, weil er durch die Notwendigkeiten einer »Best-of«-Auswahl diktiert worden ist, zunächst kein literarischer Grund wäre.

Über viele Jahre habe ich mich deswegen geweigert, eine solche Auswahl vorzunehmen, obwohl viele Verlage nachgefragt haben, ob ich mich mit dieser Aufgabe nicht beschäftigen wolle. Als ich ablehnte, wurden die Vorschüsse auf die Lizenzhonorare sogar spürbar erhöht – in der Hoffnung, das würde meine editorischen Bedenken beruhigen und mich in der Auffassung bestärken, in dieser Auswahl ein Geschäft zu sehen. Dass ich mich im zehnten Todesjahr von Ernst Jandl dann doch über meine Skrupel hinweggesetzt habe, hängt mit Entwicklungen zusammen, die ich seit einer Reihe von Jahren beobachte: Es vergehen keine zwei Tage, ohne dass ich eine Anfrage zum Abdruck eines Jandl-Gedichts zugesendet bekäme. Herausgeber, Redakteure, Lehrer, Schauspieler, Musiker, Galeristen und selbst Architekten fragen nach, ob sie Gedichte von Ernst Jandl verwenden dürfen. Ich kann es nicht anders sagen: Das Interesse an Jandl ist ungebrochen und gleichbleibend stark und auf eine robuste Weise vital. Das hat mich dazu bewogen, meine Zurückhaltung gegenüber einer Best-of-Auswahl aufzugeben: Jandls Gedichte müssen nicht geschützt werden, sie führen längst ein eigenes Leben, das im Kern unbeeinflusst bleibt von den editorischen Entscheidungen, die im einzelnen getroffen werden.

Allerdings zeichnete sich noch ein Problem ab. Was würde eigentlich geschehen, wenn ein ausdrucksstarkes Gedicht auf das nächste folgen würde? Muss der Leser dadurch nicht den Eindruck gewinnen, Jandl hätte ihn unter einer dauernden Anspannung halten und seine Erwartungen auf immer weitere und ausgefallenere Höhepunkte steigern wollen? Bei diesen Vorüberlegungen ging es nicht um die Gedichte, sondern um etwas anderes: Was würde geschehen, wenn eine bestimmte Dichte von ähnlich gearteten Gedichten in einem Buch zusammenkommen würde? Auf welche Weise würde das die Wahrnehmung der Gedichte beeinflussen, und könnte es nicht sein, dass dadurch auch der Autor in einem Licht erscheinen würde, in das er unter keinen Umständen gestellt werden wollte: als ein Dichter, der zwanghaft seine Gedichte in einer Pointe enden lassen wollte und dessen Gedichtbände in der Konsequenz aus einer nicht abreißenden Sammlung von Pointen bestehen.

Denn sobald wir in Jandls Gedichtbänden selbst lesen, stellen wir fest: Dem Leser bleibt viel mehr Zeit, sich zu orientieren. Zudem sind in Jandls Gedichtbänden Texte aus einer jeweils fester umrissenen Schaffensphase gesammelt; das gibt ihnen einen deutlich zu spürenden Halt und wohltuende, eine das Verständnis fördernde innere Balance. Die Nachbarschaften, zu denen es unter den Gedichten dabei kommt, sind weniger umkämpft. Allerdings liegt auch eine Chance in dieser ersten und vermutlich einzig bleibenden Zusammenstellung vieler poetischer Highlights des Autors. Warum soll man mit dieser Auswahl und Zusammenstellung der Gedichte nicht eine eigene poetische Aussage konzipieren, eine literarische Stellungnahme zum Werk Ernst Jandls? Dieser Gedanke erscheint nicht nur in der Vorstellung als ein reizvolles Gebilde, er ließ sich auch realisieren.

Deshalb beginnt der Band hier gezielt mit dem Gedicht »talk«, und diesem Text folgen dann Gedichte wie »jeeeee«, »wien : heldenplatz«. Diesen lyrischen Gebilden ist einiges gemeinsam: Sie entstanden im Umkreis der Texte, die Jandl 1957 geschrieben hat. Sie können (und müssen sogar) als Ernst Jandls erster originärer Beitrag auf dem Feld der Poesie angesehen werden. Es handelt sich dabei um »Sprechgedichte«, die Jandl ab diesem Zeitpunkt zu schreiben begann. Er hatte damit eine Form von Gedichten entwickelt, die es in dieser Form noch nicht gab und die auf ihre Weise charakteristisch für sein Werk werden sollten, auch dann, wenn er keine Sprechgedichte im ursprünglichen Sinn schrieb und sich in anderen poetischen Regionen aufhielt.

Diese Gedichte stehen in ihrer einzigartigen Qualität nicht nur für sich, sie sollen auch auf eine der wichtigsten literarischen Unterströme in den poetischen Arbeiten Ernst Jandls aufmerksam machen (und aus diesem Grund klingt dieser Band mit Gedichten aus dieser frühen Schreibepoche auch wieder aus). Als erstes ist das Mündliche zu nennen, das vielen Gedichten seine Form gibt. In »talk« ist offensichtlich, was damit gemeint ist; in »talk« sind aber darüber hinaus noch weitere grundlegende Aspekte von Jandls Poetik bereits voll ausgebildet. Das Gedicht arbeitet mit Lautelementen, die einen sich gut mitteilenden semantischen Anteil besitzen. Ernst Jandl hat immer darauf geachtet, dass seine Gedichte nicht zu reinem Spiel jenseits erfassbarer Bedeutungen ausarten. Im bedeutungsfreien oder Bedeutungen sich sogar widersetzenden Umgang mit Lauten sah er keinen Weg, den er beschreiten wollte. Das von semantischen Anteilen sich vollkommen lossagende Lautspiel schwächte Gedichte und überführte sie nicht in wirkungsvolle Sprachgebilde, die Jandl schreiben wollte. Das jedenfalls hatte er sich zum Ziel gesetzt.

So weit, so gut, könnte man sagen und darauf verweisen, dass in den 1950er Jahren unter den Autoren in Jandls Alter über die Frage, inwieweit Gedichte den Mitteilungscharakter traditioneller Verse aufrechterhalten sollten, gestritten wurde und Ernst Jandl sich eher zu den Traditionalisten unter den Avantgarde-Dichtern hingezogen fühlte. Er vertrat unter den Autoren, die sich literarisch progressiven Richtungen wie dem Expressionismus, Surrealismus und vor allem auch dadaistischen Kunstformen nahe fühlten, eine eher gemäßigte Position. (Und er vertrat diese Position nicht nur, sondern realisierte sie auch in seinen Gedichten, bzw. umgekehrt: Er schrieb Gedichte und stellte an seinen Texten dann fest, zu welcher Haltung sie ihn in ästhetischen Fragen drängten.) Entscheidend für sein Schreiben war aber noch etwas darüber Hinausgehendes. Eine Konstellation findet sich in seinen Gedichten ein ums andere Mal wieder: Jemand spricht, ein anderer hört zu, dann spricht der andere, und aus dem ersten Sprecher ist jetzt ein Zuhörer geworden. In vielen Gedichten von Ernst Jandl bildet die Sprech- und Hörsituation die Struktur dieser Texte – es ist ein grundlegender formaler Aufbau. Konkret: In »talk« wird ein Dialog nachgeformt. Dieses dialogische Wechselspiel macht aber nicht nur das zentrale Element in »talk« aus, dieses Wechselspiel findet sich in vielen anderen seiner Gedichte wieder. Und dabei handelt es sich nicht nur um ein formal basales Bauprinzip: Je nachdem, wie Jandl die Akzente in diesem dialogischen Hin und Her verteilt, gibt diese Verteilung einen deutlichen Hinweis darauf, welche Ausdrucksqualitäten er seinen jeweiligen Gedichten beimaß – und welche inhaltlichen Komponenten damit verbunden sind.

Wie genau das im einzelnen aussieht, zeigt sich bereits bei dem zweiten Gedicht in diesem Band, bei »jeeeee«. Auch diesem Gedicht liegt ein dialogisches Muster zugrunde, eines – und darin liegt die Subtilität des Gedichts –, das völlig unauffällig bleibt. Folgen wir seiner Lautfolge, dann könnte das Gedicht als ein Rufen nach dem Messias verstanden werden. Das Wort Jesus wird in verschiedensten Buchstabenkombinationen zerlegt und macht dieses Rufen besonders intensiv, aber auch verworren und verrückt. In seiner dramatisch-dialogischen Grundstruktur gleicht es dem Gedicht »talk« bis in Nuancen hinein. Jemand richtet sich an einen anderen. Im Unterschied jedoch zu »talk« bleibt diese Sprechbemühung ohne Reaktion. Jemand äußert sich, aber diese Äußerung gelangt nicht zu einem Gegenüber; jedenfalls muss der Sprecher damit auskommen, dass kein Signal zurückgesendet wird. Er kann – und das ist denkbar unangenehm – nicht erkennen, ob seine Äußerung, sein Rufen, jemanden erreicht hat oder sich in kompletter Resonanzlosigkeit verströmt.

Damit dringt dieses Gedicht ohne jede Anstrengung in christologische Tiefen vor. Glaubensfestere als Ernst Jandl gehen zwar davon aus, dass es Jesus gäbe und Jesus als Antwortender ein grundsätzliches Problem darstelle, weil seine Antworten schwierig zu entschlüsseln seien. Jandl dagegen stellt fest, wenn er in Kontakt mit Jesus gelangen möchte, geschieht nichts. Eine direkte Antwort erhält er von ihm nicht. Sein Rufen ist zwar laut und deutlich zu hören, aber nachdem er sein Rufen beendet hat, ist nichts zu vernehmen, das er als Reaktion auf seine Anstrengungen zuvor verstehen könnte. Und genau diese Erfahrung einer

Kommunikation, die nur in eine Richtung verläuft (von ihm weg und zuverlässig nie auf ihn zu), findet sich in diesem Gedicht auf vollendete Weise abgebildet.

Dialogisch angelegt ist auch das Gedicht »ernst jandls weihnachtslied«. Hier ist er selbst das Gegenüber und tritt in einer seiner Paraderollen als »hund« auf. Bemerkenswert daran ist wiederum das Deplazierte des Vorgangs (vergleichbar der Heftigkeit, mit der er vorher nach Jesus gerufen hat). In den Legenden vom Weihnachtsgeschehen gibt es keinen Hund. Er addiert zu diesem Geschehen noch eine Figur hinzu, und dieser Figur ist Jandls nicht gering ausgebildete Lust an der Provokation anzumerken. Mit sich in der Inkarnation als Hund belebt er die Szenerie auf ironische Weise und drückt gleichzeitig den Maßstab für das Humane auf ein Niveau herab, das sich deutlich unterhalb des Humanen befindet – auf das eines Haustiers.

Erheblich brutaler geht es zwischen den Kontrahenten im Gedicht »falken & tauben« zu. Das zwischen den beiden Vogelarten eliminierte Gespräch, gedacht als Austausch zwischen einem Wesen, das etwas sagt, und einem Gegenüber, dessen Äußerungen für das weitere Geschehen belanglos bleiben, ist auch hier symptomatisch für die Beziehung der beiden untereinander. In »wien : heldenplatz« ist der Dialog wiederum auf eine ganz neue Weise struktur- und damit gedichtbildend. Das Gedicht kann als Bericht des Autors von dieser einschneidenden historischen Situation verstanden werden. Er gibt in kakophonen Klangqualitäten seine Eindrücke wieder, die er bei Hitlers Ankunft auf dem Heldenplatz empfangen hat. »wien : heldenplatz« ist eine Ballade als Sprechgedicht, bei dem Lautgebung und Kommentar der abgebildeten Vorgänge über weite Strecken des Gedichts in eins fallen. Und so wenig sich Ernst Jandl während der Weihnachtszeit in der Rolle eines Menschen sehen kann, liegt in dem verbogenen Sprachmaterial, mit dem er in diesem Gedicht arbeitet, eine ähnlich seriös gemeinte Provokation. Das Unsägliche der Vorgänge mag sich der deutschen Sprache in Wort und Grammatik nicht mehr fügen. Es ist nur zu fassen, wenn es erkennbar unter deren Niveau sinkt.

Wie wichtig das Responsive in Jandls Gedichten ist (um nur bei diesem Aspekt zu bleiben), zeigt sich insbesondere in der zweiten Phase von Jandls Schreiben ab Mitte der 1970er Jahre. Was sich zu diesem Zeitpunkt in den Gedichten verändert, lässt sich an zwei Gedichten zeigen, an dem berühmten »schtzngrmm« und an dem in seiner Bedeutung gar nicht zu überschätzenden, aber ganz anders gearteten Vierzeiler »in der küche ist es kalt«. Wiederum wird in diesen beiden Gedichten jeweils ein scharfer Reiz hineintransportiert, auf den dann eine ebenso prägnante Reaktion erfolgt. In diesem Wechselspiel jeweils sind diese beiden Gedichte erst ganz zu fassen. Allerdings – und um das herauszuarbeiten geht es hier – könnten die Unterschiede zwischen den beiden Texten kaum größer sein. Aus Jandl ist in der Zeit, die zwischen dem einen und dem anderen Gedicht liegt, ein anderer geworden.

In »schtzngrmm« macht uns der Autor mit seinen Kriegserfahrungen und auch mit seiner Haltung gegenüber Krieg vertraut – insofern zumindest, als er uns zum Zeugen von Kriegshandlungen macht, die ein Soldat in einem Schützengraben erlebt. Kugeln fliegen hin und her. Wer genau gegen wen kämpft, tut dabei nichts zu Sache, Jandl zielt mit seinem Gedicht auf etwas Allgemeineres ab. Dieses Gedicht steuert auf den Abbruch dieses Hin und Her, und zwar auf den endgültigen und in seinem definitiven Charakter nicht zu überbietenden Abbruch zu: den Tod. Und damit zeigt sich eine weitere Dimension im Denken Jandls: Solange Reiz auf Reaktion folgt und einen weiteren Reiz in die Welt setzt, der wiederum ein Handeln nach sich zieht, ist es selbst dann, wenn es sich dabei um kriegerische Auseinandersetzungen handelt, zum Schlimmsten noch nicht gekommen. Zugespitzt formuliert: Erst wenn dieses Prinzip außer Kraft gesetzt wird, dieses Lebensprinzip, das Jandls Gedichten zugrunde liegt, ist es um die Menschen geschehen.

Im Gedicht »in der küche ist es kalt« tritt genau dieses Unglück ein: Die Küche ist leer – war das aber nicht immer gewesen. Wir können darüber spekulieren, wer sich in der Küche aufgehalten haben mag, und ob es sich dabei um Jandls Mutter (die in zwei anderen Gedichten in diesem Band, in »mutters früher tod« und in »luise« besungen wird) handelt, wofür es einige Anhaltspunkte gibt. Entscheidend ist, dass in diesen wenigen Zeilen die beiden Pole in Jandls Gedichten auf eine neue Weise zueinander in Beziehung gesetzt werden. Der Sänger des Gedichts wird von einem Gegenüber in Beschlag genommen, das nicht mehr existiert. Mehr noch: weil das Gegenüber nicht mehr zu greifen ist, saugt es die ganze Aufmerksamkeit des Sängers auf. Anders formuliert: Jandl hält in diesem Vers eine Beziehung aufrecht, die im Grunde nicht mehr aufrechtzuhalten ist und die deshalb nicht aufgegeben wird.

Das Großartige in beiden Gedichten besteht darin, dass der Autor in Szene setzt, wovon er spricht. Beim Vierzeiler »in der küche ist es kalt« können wir dabei die Veränderungen besonders gut wahrnehmen. Wir lesen nämlich nicht nur eine Totenklage, grotesk verbrämt. Den Verlust, der Jandl erschüttert, erfahren wir in der Ungreifbarkeit des abwesenden Menschen in diesen Zeilen. In seiner ganzen Stummheit wird diese Totenklage zu einem beeindruckenden Ereignis. Die Folgen der Abwesenheit für denjenigen, der unter dieser Abwesenheit leidet, sind zu spüren. Das Gegenüber wird blass, verliert seine Konturen, zieht sich in eine schreckliche Ungreifbarkeit zurück, und der Klagende muss befürchten, auf ähnlich schreckliche Weise entleert zu werden: Er besteht nur noch aus der Klage über den Verlust und dem Beschwören der Folgen daraus.

In diesem Zusammenhang ist es wichtig, noch auf ein weiteres Detail zu achten: Den Aberwitz, den diese Klage hat. Dieses überdrehte Moment führt dazu, dass sich der Sänger des Gedichts, bewegungsunfähig, wie er geworden ist, in die Verkörperung von Beweglichkeit, in ein Pferd hineinphantasiert. Das arme Pferd muss dann sehr menschlich »frösteln«. In der Abwesenheit des anderen verdoppelt der Sänger sich und begegnet sich als ein Tier, das immerhin mit dem Vermögen ausgestattet ist, Wärme und Kälte auf einem Niveau empfinden zu können, zu dem es, wenn es nur ein Tier wäre, in dem hier beschriebenen Ausmaß nicht in der Lage ist. Er trifft in aberwitziger Variante als ein Wesen auf sich, das die Folgen des Verlusts bereits zu spüren bekommen hat und diesem Verlust in keiner Weise gewachsen ist. Der Autor wird sich als dieses zurückgelassene Geschöpf selbst zum Gegenstand seiner Gedichte. Das birgt zwar eine Reihe von grotesken Überraschungen, und man könnte glauben, Jandls früher Spaß am Grotesken würde hier ungebrochen wieder auftauchen. Aber die Grundlage dieser späten Gedichte ist eine ungleich ernstere (und verzweifeltere). Der Autor sieht sich in einer Isolation und in einem zurückgezogenen Leben angekommen, von dem er nicht mehr hoffen darf, er könne dieses Leben jemals wieder hinter sich lassen. Aus dieser Resonanzarmut, die ihn selbst niedergedrückt hat, schreibt er ungefähr ab Mitte der 1970er Jahre seine Gedichte. Selbstporträts werden dabei zu einem bevorzugten Genre für ihn.

Wenn man in den *poetischen werken* von Ernst Jandl alleine nur durch die Inhaltsverzeichnisse der Gedichtbände streift, die ab dem Band *die bearbeitung der mütze* (1978) erschienen sind, dann wird man erstaunt sein, auf wie viele solcher Selbstporträts man stößt und auf welche große Anzahl von Gedichten, die ein Tagesdatum im Titel tragen und den Ablauf von Tagesereignissen zum Gegenstand haben, oder beides. Wenn man sich darüber hinaus noch etwas mehr auf die Dichtungswelt des Autors einlässt, wird man erkennen, wie viele andere Aspekte seines Lebens in den Gedichten auftauchen. Jandl will gar nicht den Eindruck umgehen, dass er von sich spricht. Das bedeutet: Sein Schreiben hat Mitte der 1970er Jahre einen regelrechten »autobiographischen *turn*« vollzogen.

Natürlich bestand bei der Zusammenstellung der Gedichte in diesem Band auch ein gewisser Ehrgeiz darin, die

Werkverhältnisse, also den Rang, den einzelne Werkgruppen und Gedichtsorte im Œuvre von Ernst Jandl hatten, hier einigermaßen angemessen nachzubilden. Es finden sich Gedichte mit graphischen Elementen, Lautgedichte, gereimte Verse usw. in diesem Band. Selbstverständlich sind die Gedichte mit biografischem Materialkern entsprechend ihrem tatsächlichen Gewicht in Jandls Werk in großer Anzahl enthalten. Vor allem zeigt sich bei der Abfolge der einzelnen Gedichte, dass neue Nachbarschaften, in die Jandls Poeme gestellt sind, ein eigenes produktives Element in diese Sammlung tragen. So stößt beispielsweise »in der küche ist es kalt« mit den beiden Gedichten »scheer« und »unterwegs« zusammen. Drei Gedichte, von denen nur die beiden letzten in einem engeren (politischen und historischen) Zusammenhang zu stehen scheinen. Aber auch das erste Gedicht in dieser Folge hält eine Verbindung zu den beiden darauffolgenden – und man kann darüber ins Phantasieren geraten, dass diese Küche vielleicht aus ganz anderen Gründen ausgekühlt ist als denen, über die wir bisher nachgedacht haben.

In »scheer« und »unterwegs« knüpft Jandl nicht anders als in den anderen Gedichten an seine Erlebnisse an. Er hatte die Konsequenzen nicht nur auf dem Heldenplatz vor der Hofburg erlebt, die der Anschluss Österreichs an das deutsche Reich nach sich zog. Von einem auf den anderen Tag fehlten in der Schule seine jüdischen Kameraden. Rund ein Drittel der Stühle blieben im Klassenraum unbesetzt und sollten von ihren alten Platzhaltern auch nicht mehr besetzt werden. Es ist eigentlich kein Wunder, dass Jandls biografisches Gedächtnis nicht nur über persönliche Gedächtnisinhalte verfügt, sondern darin auch Ereignisse mit politischen Dimensionen Platz gefunden haben. Erstaunlich ist es, dass er sich an diese Ereignisse erinnert und sie zum Gegenstand seiner Gedichte macht. Wenn er aus seinen persönlichen Niedergeschlagenheiten nicht mehr herausfinden würde, wäre das angesichts einiger sehr dunkler Gedichte kein Wunder. Aber Jandl erinnert sich auch an anderes. In der Nachbarschaft zu Versen wie »in der küche ist es kalt« wird neben der historischen Tragweite eines Gedichts wie »scheer« auch noch eine verborgenere Schicht in diesen Zeilen deutlich. Sie beherbergen eine auf tiefe Frostgrade heruntergekühlte Totenkammer, in der Jandls Tote ein grausiges Nachleben führen. Wenn Jandl eine balladenhafte Elegie auf die geschundene und verschwundene Familie »scheer« anstimmt, dann sorgt er nicht nur für ein Nachleben der jüdischen Mitbürger von einst. Zu dieser Kammer haben jene Toten des Autors Zutritt, denen er sich im Leben nahe gefühlt hat und denen er viel länger nahe geblieben wäre, als ihm das vergönnt geblieben ist. Diese persönliche Totenkammer öffnet er in seinen beiden Gedichten auch den Juden, denen er begegnet ist.

Ähnlich erhellend ist beispielsweise die Abfolge der Gedichte »die grüne pest«, »selbstporträt 18. juli 1980« und »selbstporträt des schachspielers als trinkende uhr«. Obwohl bei diesen Gedichten sogar die Chronologie ihrer Entstehung auf den Kopf gestellt ist – das Gedicht »die grüne pest« wurde zwei Jahre nach den anderen Gedichten geschrieben, im August 1982 –, hat die Reihenfolge in diesem Band ihre eigenen Vorzüge. »die grüne pest« offenbart einen Subtext, der in den beiden Gedichten danach das Unterfutter bildet. Es ist die Angst vor dem Tod und dessen Unausweichlichkeit. Wenn wir die beiden Porträtgedichte vor diesem Hintergrund lesen, wird das Grandiose der Verse deutlich. Zunächst einmal scheint der Autor in einen Alltag verstrickt zu sein, der mit Banalitäten und Verrichtungen angefüllt ist, von denen er sich keine Anregungen für Gedichte erhoffen kann. Dieser ganze gewöhnliche Lebensplunder (das Spielen mit dem Schachcomputer kann darin eingeschlossen werden) will sich so gar nicht mit Vorstellungen vom geistigen Leben eines bedeutenden Dichters in Verbindung bringen lassen. Auch die sprachverbiegende Formulierung »jetzo«, die von weiter Ferne an Größen der Dichtkunst aus dem 17. Jahrhundert erinnert, machen dieses poetische Gemisch aus Mineralwasser, Whiskey und Schokolade, das sich der Autor an diesem Nachmittag zumutet, um keine Nuance bedeutender oder literaturbekömmlicher. Die ganze notdürftig gedrosselte Panik, die Jandl empfindet, wenn er feststellen muss, wie höchst poesiefern seine Nachmittage verlaufen können, ist in ihrem vollständigen Ausmaß erst zu erahnen, wenn diese Protokolle mit dem fürchterlichen Behauptungswillen und Überlebensehrgeiz von Gras zusammen gedacht wird. Kann er sich denn angesichts der sturen Todeskräfte, die jede Wiese ihm als leuchtend grünes Bild entgegenbringt, noch erlauben, seine Lebenszeit mit derartigen Zerstreuungen zu verbringen. Muss er denn dieses ihn erschöpfende Schicksal nicht beklagen, dass er zwar gerne Gedichte schriebe, aber manchmal froh sein kann, wenn er einen Nachmittag überhaupt hinter sich bringt. Es könnte nämlich passieren, dass er sich einen Strick besorgte und sich daran aufhängen würde. Das Trostlose dieser Gedichte tritt vor diesem Suizidszenario plastischer hervor.

Bei all diesen finsterer werdenden Inhalten der Gedichte bleibt Jandl der Dichter, dem es um Literatur und in erster Linie darum geht, und der mit allen künstlerischen Dimensionen arbeitet, die ihm die Sprache bietet, damit er zu einem Gedicht gelangt. Dazu zählen nicht nur Laute. Dazu zählt auch die graphische Gestalt von Gedichten, das Visuelle und Kombinationen zwischen verschiedenen Ebenen. Jandl entwickelte sich hin zu einem multimedialen Dichter, auch dann, wenn er in der Form scheinbar konventionelle Gedichte schrieb, die in diesem Band eingerahmt von Jandls formal ambitionierteren Gedichten sind. In diesen Gedichten ist sein literarischer Elan keineswegs zur Ruhe gekommen, er hat sich nur nicht über das Niveau des formal Eingeübten hinwegbewegt. Es ist ebenfalls sein ganzes Formempfinden zu spüren, nur dass es den Autor nicht dazu gezwungen hat, den Lautstand von Worten zu verändern oder die Grammatik zu verbiegen oder einen Wortschatz nur zu dem Zweck zu entwickeln, damit er ihn ein einziges Mal in einem seiner Gedichte einsetzt und dann möglichst nicht wieder.

Bei allem gilt für den Sprachartisten Jandl eines, und das ohne Einschränkung: Jedes seiner Gedichte sollte ein Kunstwerk sein. Er schrieb auch Gedichte mit einer politischen Aussage. Das Gedicht »der offiziersbewerber« darf als ein Beispiel dafür gelten. Der reine Mitteilungswert seiner Gedichte interessierte ihn, aber er interessierte ihn erst in zweiter Linie. Wenn er über seine Gedichte sprach, dann betonte er andere Aspekte seiner Gedichte, er nannte sie spielerisch, ernst, druckvoll, abgründig, provozierend, unterhaltsam usw. Er hat in seinen Versen vor allem Kunstwerke gesehen, und alles, was er an formalen Besonderheiten und inhaltlichen Aussagen ins Spiel brachte, diente ihm in erster Linie dazu, ein Gedicht, also einen Kunstgegenstand, hervorzubringen. Deshalb endet dieser Band mit den Lautgedichten aus seiner frühen Schaffensphase, den Gedichten, die ihm zunächst viele Gegner und danach beachtlichen Ruhm eingetragen haben. Und als diese Kunstwerke sollen die Gedichte in diesem Band gelesen und, wo immer möglich, auch genossen werden.

Klaus Siblewski

Verzeichnis der Gedichtüberschriften und -anfänge